不愛打獵的唐伯虎想畫畫

姚念廣—著

作者簡介 ／ 姚念廣

1988 年生，跨領域職涯中活躍於藝文，所著數本著作中的《人類村子的小鬼怪葉羅》榮幸入選「義大利波隆那兒童書展」，並登「博客來童書／青少年文學新書榜」及「博客來今日即時榜」；短篇創作獲《航海王》活動方分享；數次榮獲獎項及報導，因減重 24kg、險失明後出書圓夢及在 flyingV 辦公益環島而被稱為熱血奶爸作家，追求人生樂活卓越。著有《那半年，我減了 24 公斤！》、《星座學園上課了！》、《好看好學的簡筆畫 1：打怪收妖篇》及《人類村子的小鬼怪葉羅》。

虎人族個個身強體壯並擅長打獵，
二十個人類都無法獵下的壞巨鱷王，
只要有兩個虎人便能輕易獵下。

但是，虎人族族長的兒子「伯」，
他不喜歡打獵。

伯的爸爸勸告他說：「你看！我們幫人類獵下會破壞他們村莊、吃掉家畜與農作物的壞巨鱷王，他們就會給我們報酬，而且非常地尊敬我們，所以當獵人很好啊！」

然而，伯仍表示他不想當獵人。

伯的爸爸對他感到失望，
便使用族長的職權將伯趕
出虎人族的部落。

難過的伯重新打起精神，決定以農耕為生，而不是打獵。

經過一番辛苦的努力，伯終於可以靠著賣自己種的菜而獨自生活了！

有一天，伯出門賣菜時，發現有畫家在畫圖，
伯被畫家的圖所感動，他也想像畫家一樣會
畫圖，所以他懇求畫家教他畫圖。

畫家說：「虎人族在我印象中擅長打獵但不
擅長工藝，所以我不太想教你，除非你完成
我的要求。」

伯問：「請問是什麼要求？」

畫家反問：「你最討厭什麼？」

伯回答：「就是打獵，由於我不跟著族人們一起當獵人，所以被趕出了部落。」

畫家說：「好，那就請你做你最討厭的事證明你的誠意，在附近山谷中住了一隻會襲擊旅人的邪眼王蛇，我要你去獵下牠，為民除害。」

011

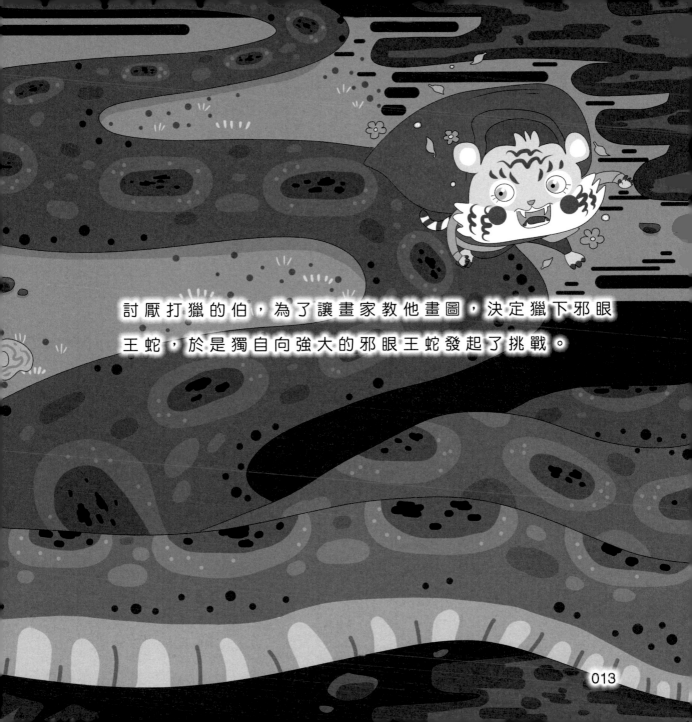

討厭打獵的伯，為了讓畫家教他畫圖，決定獵下邪眼王蛇，於是獨自向強大的邪眼王蛇發起了挑戰。

伯成功將邪眼王蛇獵下，畫家被伯的
誠意感動，決定教伯畫圖。

伯在畫家的指導下，日復一日地
用心跟著畫家學習畫圖。

終於有一天，畫家認可了伯的畫圖
能力，並贈送了「畫」這個名字給
伯，伯從此改名為「畫伯」。

畫伯用的畫紙是能伸縮摺疊又不會傷到畫紙的魔法畫紙，畫伯包裝著他摺好的畫到人類的城市銷售。

但是，畫商們卻是連看都不願意看一眼，畫伯最終帶著失望離開了城市。

黃昏時，畫伯在回家的路上遇到了被惡焰狼王追著跑的商人。

畫伯挺身而出保護商人，惡餤狼王瞭解虎人族擅長打獵，便放棄攻擊商人而離開。商人向畫伯道謝，表示自己姓唐，不小心跟商隊走散了，所以才會落單。

019

天色漸暗，時間來到了晚上，畫伯為了商人的安全起見，便邀請商人到他家裡住一晚休息，等白天再離開。

在畫伯家住的商人聽了畫伯賣不出畫的事，感到很意外！
因為商人覺得畫伯的畫非常好！商人認為，應該是因為畫伯
是虎人的關係，人類很難相信虎人會畫圖。

不過，商人表示他有辦法賣出畫伯的畫，只要
畫伯願意把作品作者的名字改成人類的名字即
可，也就是要用藝名而非本名。畫伯希望作品
能賣出，所以畫伯同意了。

商人跟畫伯說：「由於虎人沒有取姓氏的文化，我把我的『唐』姓讓你用，再結合你原名中的『伯』字，還有你身為虎人的『虎』字，以『唐伯虎』之藝名幫你賣畫。」

於是，在畫伯的保護之下，商人安全地與失散的商隊會合，並帶著畫伯的畫作離開了。

一段時間後，畫伯收到了從商人那寄來的人類國王生日宴會邀請函。

畫伯與商人相約一同前往了宴會會場。商人告訴畫伯，他將畫伯的畫以唐伯虎的藝名在人類的城市販賣，大家都以為是人類畫的，所以賣得很順利，連國王都買了下來，並將在這場宴會中展出給各個貴賓們觀賞！

《無差別的愛》
本作想要呈現父母
不管孩子是什麼樣
的孩子，都會無條
件地去愛他。

唐伯虎

畫伯在宴會中看到自己的畫被展出，既感動又難過地說：
「要是能用我的真名展出就好了⋯⋯」

商人聽了畫伯的話，便決定向在場的人們說出實話：
「其實唐伯虎並不是人類，而是大家眼前的這位
虎人，他叫作畫伯！」

但是，大部分的人們仍不願相信眼前的畫伯
會畫圖。

忽然，國王走了過來對畫伯說：「哇！你就是畫這幅畫的畫家呀！我好喜歡你的作品！可以和大家分享你的創作理念嗎？」

畫伯說：「聽說在某個地方，鬼怪會愛撿到的人類孩子，人類孩子也會愛呵護他的鬼怪媽媽。」

畫伯接著說：「我是虎人，我的父親討厭我不打獵，而人類又不相信我會畫圖，我希望有一天，大家都可以拋開種族的刻板印象而互相理解。」

畫伯說完後，在場的人們都受到
感動並一致認同畫伯是位畫家。

從此以後，每天都有各式各樣的人跑去找畫伯買畫，大家都希望能得到他的最新作品，畫伯不僅不需要打獵，更不再需要使用唐伯虎的藝名也能賣出自己的畫了！

作者的話

　　讀者朋友你好，這是我的第五本著作，很榮幸能被你翻閱。本作是我在一邊工作一邊育兒的情況下抓時間出來、然後看了無數凌晨四點的天空才終於完成的，有些人覺得我很熱血，很感謝他們的稱讚，但是，我認為我只是因為真心喜歡創作這件事，所以不會覺得辛苦，呵呵呵！

　　本作的故事我以前就已構思的差不多了，但是，我還沒有想好要如何呈現，一直到了現在有了兒子樂謙以後，我才決定好要創作成繪本，因為我希望樂謙也能讀。不過，之後在角色設計上又陷入了苦惱，但靈感很幸運地從我的生活冒出，在樂謙喜歡的巧虎大神每天洗腦，以及愛妻筱君最近喜歡上了可愛化的老虎相關貼圖和周邊商品下，農曆虎年的到來，更讓我不斷地吸收到各種老虎的意象與知識，最後就設計出本作主角啦！感謝樂謙與筱君，愛你們。

　　本作故事期盼藉由主角在面對原生家庭的不認同，以及外界的不認同之時，仍保持樂觀積極的精神，鼓勵人們不要輕易地放棄所愛，同時，也探討及學習尊重與包容的價值。此外，本作中藏了一些暗示或隱喻等著讀者朋友去發現，也就是所謂的彩蛋或樂趣，如主角碰到在瀑布旁畫圖的畫家而深受感動一幕，便是想透過瀑布展現主角此刻內心的感動澎湃；又或者，主角種菜成功豐收，出現在田邊名為文鰩的飛魚，即是一種古代傳說中象徵豐收的奇獸。

　　最後，很幸運本次作品能與秀威出版社團隊再次合作，之前《人類村子的小鬼怪葉羅》的合作經驗給了我無比的安心與信任感，在陳彥儒編輯專業的指導與企劃引導、陳彥妏與王嵩賀美編的排版設計、及姚芳慈編輯的協助支持之下，讓我在本作的調整過程中很放心，然後，感謝筱君照顧家庭並給予我支持、在生活上常照顧我們一家三口的父母與岳父母、及親友團與讀者朋友的支持鼓勵！

兒童・童話6　PG2730

不愛打獵的唐伯虎想畫畫

圖・文／姚念廣
責任編輯／陳彥儒
圖文排版／陳彥妏
封面設計／王嵩賀

出版策劃／秀威少年
製作發行／秀威資訊科技股份有限公司
114 台北市內湖區瑞光路76巷65號1樓
電話：+886-2-2796-3638
傳真：+886-2-2796-1377
服務信箱：service@showwe.com.tw
http://www.showwe.com.tw

郵政劃撥／19563868
戶名：秀威資訊科技股份有限公司
展售門市／國家書店【松江門市】
104 台北市中山區松江路209號1樓
電話：+886-2-2518-0207
傳真：+886-2-2518-0778

網路訂購／秀威網路書店：https://store.showwe.tw
　　　　　國家網路書店：https://www.govbooks.com.tw
法律顧問／毛國樑　律師

總經銷／聯寶國際文化事業有限公司
地址：221新北市汐止區康寧街169巷27號8樓
電話：+886-2-2695-4083
傳真：+886-2-2695-4087

出版日期／2022年8月　BOD一版　定價／200元
ISBN／978-626-96329-9-2

秀威少年
SHOWWE YOUNG

讀者回函卡

國家圖書館出版品預行編目

不愛打獵的唐伯虎想畫畫/姚念廣著. -- 一版. --
臺北市 : 秀威少年, 2022.08
面 ; 公分. -- (兒童.童話 ; 6)
BOD版
ISBN 978-626-96329-9-2(平裝)

863.596   111010860

延續《人類村子的小鬼怪葉羅》的創作理念
「熱血奶爸」姚念廣鼓勵孩子不要輕易放棄所愛！

當上獵人是虎人族的最高榮耀，但族長的兒子「伯」卻討厭打獵。

被趕出部落的他並沒有放棄夢想，仍然努力生活並追求心所嚮往的繪畫之道。

可是因為虎人族的身分，沒有人相信他會畫畫，作品完全賣不出去。

直到一位商人朋友替他取了人類藝名「唐伯虎」，才逐漸打開知名度，甚至深受國王喜愛！

「要是能用我的真名展出就好了⋯⋯」

看著自己的畫作在國王生日宴會上展出，唐伯虎不禁懷疑當初的決定正確嗎？

《無差別的愛》
唐伯虎

ISBN 978-626-96329-9-2

9 786269 632992 00200

建議分類　兒童文學

慢慢的世界
Wait for the Bloom

圖・文／蘇飛